Para Marc-André, que sabe apreciar la gentileza.

N. R.

Título original: LE VAILLANT PETIT GORILLE

La traducción de este libro ha sido negociada a través de VeroK Agency, Barcelona (España)

Traducción de Teresa Farran
Primera edición, 2015
DL B 24330-2014

ISBN 978-84-261-4123-1

Núm. de edición de E. J.: 12.871
Printed in Spain
Arts Gràfiques Grinver, Avda. Generalitat, 39, Sant Joan Despí (Barcelona)

TEXTO
Nadine Robert

ILUSTRACIONES
Gwendal Le Bec

EL BUEN GORILA

Editorial EJ Juventud
Provença, 101 - 08029 Barcelona

Sobre un gran nido de hojas viven
un pequeño gorila y su abuelo.

El abuelo había sido el más fuerte, pero envejece.
Se siente muy afortunado de tener a un nieto
siempre dispuesto a ayudarle.

—Pequeño gorila, ¿podrías ir a buscarme los tres huevos que la grulla prometió dejarme en la orilla del río?

—¡Huevos para cenar! —contesta el mono—.
¡Qué bien! ¡Voy ahora mismo!
—¡Sobre todo, no los rompas! —advierte el abuelo.

El pequeño gorila salta de rama en rama
hasta el río.

El mono vervet, que descansa a la sombra
de un arbusto, oye el pequeño gorila moviéndose
entre el follaje.

—El pequeño gorila parece tener mucha prisa.
¿Adónde irá, corriendo de esta manera?

Curioso, decide seguirlo.

En la orilla del río, el pequeño gorila ve las tres bonitas cáscaras esperando al sol.

—¡Buenos días, pequeño gorila! ¿Qué haces aquí, tan lejos de tu nido? —pregunta el flamenco rosa, con una pata en el agua.

—Vengo a buscar los huevos que la grulla
ha dejado para mi abuelo.
—¡Qué bueno eres! —dice el flamenco.

El pequeño gorila recoge los tres huevos
y los coloca con cuidado entre sus dos brazos.

Escondido detrás de un viejo tronco,
el curioso vervet lo observa de lejos.

—¿Qué miras, vervet? —pregunta
el chimpancé, desde lo alto de la higuera.

—¿No lo has visto? ¡Delante de nuestras narices!
¡Ese pequeño gorila travieso acaba de robar
los huevos del pobre flamenco!
—¿Estás seguro?
—¡Absolutamente!
—¡Qué malo! ¡Vamos tras él!

Con los tres huevos entre los brazos,
el pequeño gorila emprende el camino
de vuelta a casa.
Va repitiéndose bajito:
—¡Sobre todo, no los rompas!
¡Sobre todo, no los rompas!

En el camino, se encuentra con el avestruz.
—¡Buenos días, pequeño gorila! ¿Qué te trae tan lejos de tu nido?
—Llevo estos huevos a mi abuelo —responde—. Pero tengo miedo de romperlos.
—Toma algunas de mis plumas y envuelve tu preciada cena para protegerla.

El pequeño gorila envuelve los huevos con cuidado.

Camuflados detrás de una loma, el vervet y el chimpancé los observan de lejos.

—¿Qué miráis? —pregunta el bonobo,
suspendido de una rama.

—¿No lo has visto? ¡Delante de nuestras narices! ¡Este pequeño gorila travieso acaba de arrancar las plumas de la pobre avestruz!

—¿Estáis seguros?

—¡Absolutamente!

—¡Qué sinvergüenza! ¡Vamos tras él!

El pequeño gorila sigue su camino.
Al cruzar el puente, alguien lo llama:
—¡Pequeño gorila, pequeño gorila, ayúdame!
—¿Qué te pasa, mono azul?
—Se me ha quedado atrapada la cola en esta liana.
El buen pequeño gorila corta la liana con los dientes.

Escondidos detrás de un tronco, el vervet,
el chimpancé y el bonobo los observan de lejos.

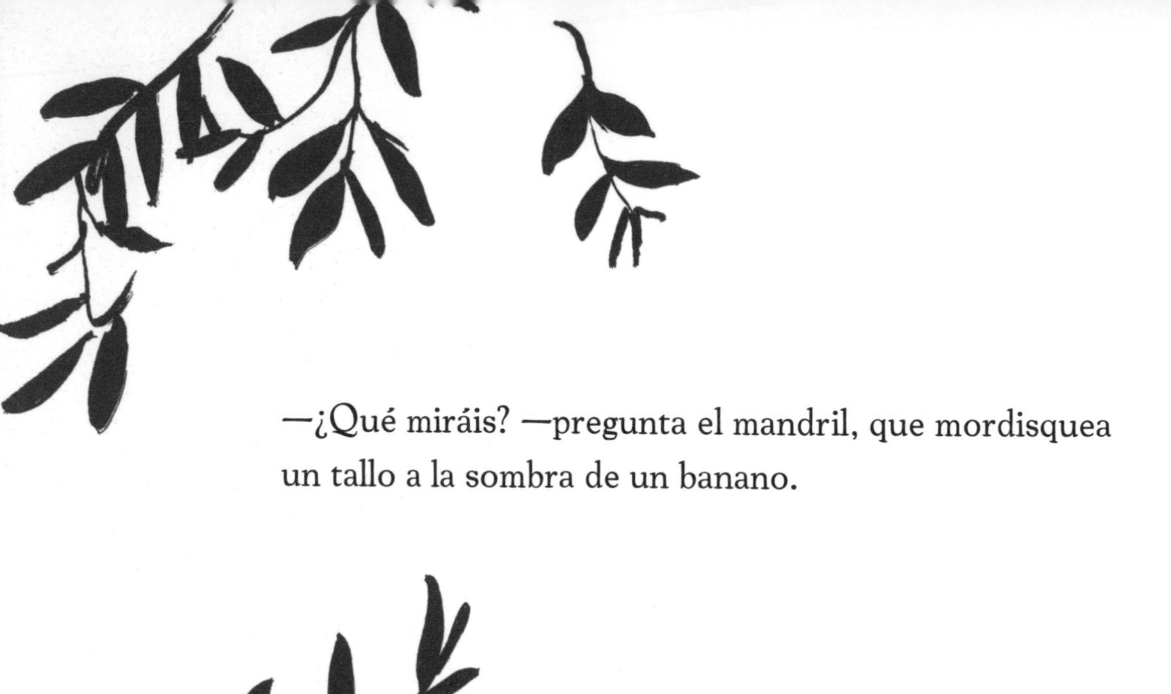

—¿Qué miráis? —pregunta el mandril, que mordisquea
un tallo a la sombra de un banano.

—¿No lo has visto? ¡Delante de nuestras narices! ¡Este pequeño gorila travieso acaba de morder la cola del pobre mono azul!

—¿Estáis seguros?

—¡Absolutamente!

—¡Qué descarado! ¡Vamos tras él!

Sin aliento, pero contento, pequeño gorila llega a casa.

—¡Alto ahí, pequeño gorila travieso! —gritan los cuatro monos, que le han alcanzado—. ¡Si crees que te librarás de un castigo, estás muy equivocado!

El pequeño gorila se gira, asustado:
—¿Castigo? ¿Por qué? —balbucea—. ¡Si no he roto los huevos!
—¡Castigo por haber robado los huevos del flamenco! —grita el vervet.
—¡Castigo por haber arrancado las plumas del avestruz! —gritan al mismo tiempo el chimpancé y el bonobo.
—¡Castigo por haber mordido salvajemente la cola del mono azul! —gruñe el mandril.

—Pero si yo no he hecho nada de esto —dice el pequeño gorila llorando—. ¡No es justo!

Los monos acusicas, enfadados, rodean al pequeño gorila, y este se pone a gritar:
—¡Abuelo!

¡De repente,
la tierra tiembla!

Se acerca alguien con pasos pesados.

Es el enorme hipopótamo, que ha salido del río.

Al ver a aquel animal tan grande, el vervet,
el chimpancé, el bonobo y el mandril dan marcha
atrás asustados.

El hipopótamo abre su inmensa boca. Dentro,
se esconde un pajarito.

Encaramado en un gran diente del animal, el pájaro pía:

—¡El pequeño gorila dice la verdad!
Yo estaba allí cuando vino a buscar los huevos
que la grulla había dejado.
Yo estaba allí cuando el avestruz le dio
las plumas para envolver los huevos.
Yo estaba allí cuando ayudó al mono azul,
que se había enredado la cola en una liana.

Antes de acusar a alguien de malo o de ladrón,
hay que asegurarse de haberlo visto y oído todo.

Bajo la mirada estupefacta de los cuatro monos acusadores, el hipopótamo vuelve a cerrar sus tremendas mandíbulas y regresa hacia el río.

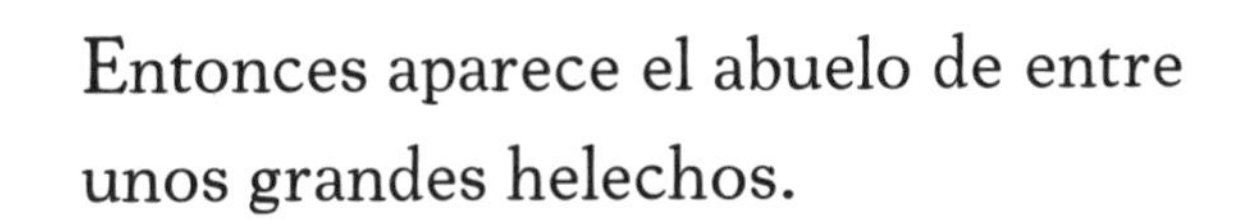

Entonces aparece el abuelo de entre
unos grandes helechos.

—¡Ya estás de vuelta, pequeño! Me pareció
haber oído unos gritos. ¿Te has hecho daño?
—¡No, no! Todo va bien.

El pequeño gorila, todavía aturdido,
entrega los tres huevos a su abuelo.

—¡Qué haría sin ti,
mi buen pequeño gorila!